The Puffin Keeper

灯塔守护者

[英] 迈克尔·莫波格（Michael Morpurgo） 著

[英] 本吉·戴维斯（Benji Davies） 绘

山风 译

湖南文艺出版社
HUNAN LITERATURE AND ART PUBLISHING HOUSE

小博集

The Puffin Keeper
Text Copyright © Michael Morpurgo, 2020
Illustrations copyright © Benji Davies, 2020
The moral right of the author and illustrator has been asserted.

First Published 2020
First published in Great Britain in the English language by Penguin Books Ltd.
All rights reserved.

著作权合同登记号：图字18-2021-50

图书在版编目（CIP）数据

灯塔守护者 / （英）迈克尔·莫波格
（Michael Morpurgo）著 ；（英）本吉·戴维斯
（Benji Davies）绘 ；山风译. -- 长沙：湖南文艺出版
社，2021.8（2024.4重印）
　　书名原文：The Puffin Keeper
　　ISBN 978-7-5726-0198-9

Ⅰ. ①灯… Ⅱ. ①迈… ②本… ③山… Ⅲ. ①儿童小
说—长篇小说—英国—现代 Ⅳ. ①I561.84

中国版本图书馆CIP数据核字（2021）第092895号

上架建议：儿童文学

DENGTA SHOUHUZHE

灯塔守护者

作　　者：［英］迈克尔·莫波格（Michael Morpurgo）
绘　　者：［英］本吉·戴维斯（Benji Davies）
译　　者：山　风
出 版 人：陈新文
责任编辑：吕苗莉
策划编辑：文赛峰　李柯慧
特约编辑：张丽霞
营销支持：付　佳　付聪颖　周　然
版权支持：刘子一
封面设计：霍雨佳
版式设计：霍雨佳
出　　版：湖南文艺出版社
　　　　　（长沙市雨花区东二环一段508号　邮编：410014）
网　　址：www.hnwy.net
印　　刷：北京尚唐印刷包装有限公司
经　　销：新华书店
开　　本：889 mm × 1194 mm　1/32
字　　数：34千字
印　　张：3.5
版　　次：2021年8月第1版
印　　次：2024年4月第4次印刷
书　　号：ISBN 978-7-5726-0198-9
定　　价：45.00元

若有质量问题，请致电质量监督电话：010-59096394　团购电话：010-59320018

谨以此书献给海雀人莱恩的三个女儿：克莱尔、克里斯蒂娜和安娜。

——迈克尔·莫波格

谨以此书献给我所有的家族成员，你们在这个故事所发生的年代历经磨难，却能幸存下来。向你们致敬。

——本吉·戴维斯

第一章

　　本杰明·波斯尔思韦特终其一生的工作，就是确保海雀岛上的灯塔灯光常明。海雀岛是他生活了一辈子的地方。在他担任灯塔守护者的这些年里，灯塔的灯光从未熄灭过一次。所有驾驶帆船或汽船经过的航海者和水手，即使在大雾天，也能听到他的雾号声，在他的灯光指引下前行，对他充满感激。如果没有本杰明，许多船将因过于靠近锡利群岛海岸而触礁，许多航海者会因此而溺亡。但天有不测风云，有时候，即使灯塔的灯光再亮，也无法拯救一艘船。

在一个风雨交加的晚上，一艘名叫"鹈鹕号"的四桅帆船，载着三十名乘客和水手，从纽约开往利物浦。海面波涛汹涌，这艘帆船在锡利群岛西面撞上了礁石。

瞬间，船帆就被狂风撕成了碎片，桅杆也断了三根。"鹈鹕号"在狂风巨浪间孤立无援，正在迅速下沉。

本杰明站在灯塔的高台上，目睹了这一切。他听见了船身撞上礁石时发出的刺耳的刮擦声，听见了船上人们的尖叫声和哭泣声。他知道，他必须马上做点什么。

　　那天晚上，本杰明救了三十个人，男人、女人还有孩子，其中就有我和我的母亲。我叫艾伦·威廉姆斯。那年，我还只有五岁。不知道为什么，我完全不记得我们是怎么在船沉没之前，从船撞上的那块礁石上爬下来，又跳上另一块礁石的。礁石离海岸还有相当远的距离，上面几乎没有什么站脚的地方。我们被困在礁石上，任凭巨浪猛烈地拍打，时刻处在被下一个巨浪冲走的危险和恐慌之中。我和妈妈唯一能做的就是紧紧抓住对方的手，以及祈祷。

　　就在我们几乎绝望的时候，我们远远看见一个男人驾着一艘小船，乘着一个个高山一般的巨浪，穿越黑暗，朝我们划了过来。

那天晚上，本杰明驾着小船在汹涌的海浪间来回往返五次，才把我们全部安全送上小岛。

在本杰明温暖的灯塔里，我们披着他给的毛毯，围坐在炉火旁，远离狂风暴雨，互相搓手取暖。我们喝了他给我们的热腾腾的甜茶，还吃了小饼干。我们每个人都对他的勇敢和冷静感到无比惊讶，每个人都发自内心地感谢了他无数次。

本杰明没有回应任何一个人，甚至看都不看我们一眼。我们都欠这个不苟言笑的安静的男人一条命。我坐在旁边一直看着他，看着他给大家一壶接一壶地烧茶，看着他照顾我们的每一个需求，看着他竭尽所能地让我们感到温暖和舒适。

只有那么一次，我与他目光相遇，我朝他笑了笑，他也朝我笑了笑。这是我唯一一次看到他的笑容。

我注意到，灯塔房间的墙壁上全都是画，有几十幅，画的全部都是船，大船、小船、汽船、帆船，或航行在平静的海面上，或穿行在暴风雨中，或正要离开港口，或正在开进港口。大部分船都画得很小，还有很多画在木头块上、纸板上。桌上、地上、置物架上，到处都是零零星星的画作。所有的画作右上角都有一个简单的大写签名：本（BEN）。

其中有一幅画在木头上的小画，我特别喜欢。画上是一艘四桅帆船，就像我们的那艘船，在狂风巨浪中，从一座灯塔前面驶过。

　　我想，本杰明应该看到了我在看这幅画。因为在第二天，当我们所有人即将乘救生船离开小岛的时候，他来到码头，把那幅木头画送给了我。突如其来的惊喜让我高兴蒙了。当我反应过来想要谢谢他的时候，他已经走开了，正沿着灯塔的石阶往上走。

在其后很长一段时间里，那是我最后一次看到本杰明和海雀岛。但我永远忘不了他，忘不了他是如何救下了我和妈妈，还有同船的其他人。

在我之后的人生中，无论我走到哪里，只要条件允许，我都会随身带着他送我的这幅画。那天所发生的一切，他为我们所做的一切，成为我一生都难忘的回忆。

第二章

那天晚上，只有我和妈妈在"鹈鹕号"上。在我刚出生后不久，爸爸就在纽约中央公园不小心从马背上摔下来，去世了。之后，我和妈妈在纽约生活了五年。而我们在那天乘船，是为了去投靠住在英国德文郡达特穆尔高地的爷爷奶奶。他们是爸爸的家人，因为妈妈实在没有别处可去，也没有别人可以求助了。在此之前，我从来没有见过我的爷爷奶奶。他们冰冷沉闷，住在一个冰冷沉闷的野山坡上的一座冰冷沉闷的大房子里。在那里，我绝大部分时间都和一个冰冷沉闷的保姆在一起，待在楼上的育儿室里。

很多时候，妈妈的情况都不太好，所以几个月来，她都只能待在卧室里，我也不能去看她。医生常常来看她，我问医生妈妈怎么样，他总是跟我说她很"脆弱"。我当时不知道这个词的意思。我只知道，爸爸死了，妈妈心里充满了难以言说的悲伤。我也很难过，但不是因为爸爸。我对他没什么记忆，我难过是因为妈妈难过。

杜瓦尔小姐（悄悄告诉你，我叫她"魔鬼小姐"）一开始是我的保姆，后来成了我的家庭教师。她虐待我，用她的尺子"统治"我的生活。她最喜欢的惩罚方式就是让我伸出手来，被她用尺子边缘抽打指关节。只要我的指甲不干净，头发不整洁，或者把不想吃的米布丁藏到勺子底下，就要受到惩罚。我时刻生活在对她的尺子的恐惧之中。

更糟糕的是，她不让我把我最珍贵的画挂在墙上，因为它不像一幅真正的画，也没有画框。她说，这幅画看起来就像一个孩子画的，根本不值得挂起来。所以，我只好把它藏在一块松动的地板砖下面，时不时拿出来看看，回忆那个夜晚，想象我又回到了那个灯塔里，跟本杰明在一起。

爷爷定下了很多规矩。我不可以上前厅的楼梯，不可以在房子里跑，不可以说话，除非有人跟我说话，而在用餐的时候绝对不可以说话。每天早上，我都必须洗一个冷水澡，因为爷爷说，只有这么做，我才能长成一个强壮的、真正的男子汉。

我生活在对爷爷的恐惧之中。但是，奶奶从来没有凶过我。她忧郁而沉默，大多数时候都坐在窗边刺绣，随时等着爷爷招手呼唤。她可能不知道，这一切我都看在眼里。奶奶有时候会凶我妈妈，他们都叫我妈妈"那个法国女人"，以为我没有听见。即使我是一个小孩，我也能感觉到，他们是在以某种方式责怪她，为了发生在爸爸——他们唯一的儿子——身上的事情而责怪她。

妈妈和我一样无比讨厌住在那个房子里，但是我知道她没有其他地方可去。妈妈好一些的时候，会在晚上轻轻溜进我的房间，和我一起坐在床上，给我讲故事。我们常常聊到凌晨，聊起爸爸和纽约，聊起"鹈鹕号"撞上礁石沉没的那个晚上，聊起本杰明和他的灯塔、他的画。

我会借着妈妈的小灯，翻开地砖，向妈妈展示那幅画。在闪烁的灯光下，画里的船好像在随着海浪前进，乌云也在天空中飘动。在这样的灯光下，看着那幅画，我仿佛又回到了灯塔里，和所有的幸存者一起，借着本杰明的炉火驱走寒冷。

一天晚上，当我们在一起看画的时候，妈妈建议我写信给本杰明，谢谢他送给我画。妈妈说，写信也是练习写作，不管怎么说，都对我有好处。于是我给本杰明写了一封信，谢谢他救下我和妈妈，还有船上的其他人，告诉他我有多么喜欢他的画，告诉他有一天我会回到岛上，去他的灯塔看他。然后，妈妈在信封上写下地址，和我一起把信投进了小路尽头的邮筒里。几周过去了，几个月过去了，每天早晨我都在等他的回信。但他一直没有回信。

不久，我收到一个好消息，但同时也有一个坏消息。杜瓦尔小姐，应该说"魔鬼小姐"，对我勃然大怒。她在吃早餐的时候向我们所有人宣布，她准备离开了。她说我"无药可救"。我认为这是因为前天晚上，我不小心当面叫了她"魔鬼小姐"，并且拒绝道歉。她的宣告对我来说就是一个意外的惊喜。真是个令人开心的好消息。

但是，就在那天，在"魔鬼小姐"离开后，爷爷把我叫进了书房。妈妈和奶奶也在那里，我看到妈妈哭了。爷爷跟我说，因为我已经八岁了，杜瓦尔小姐又因为我的过错而离开，所以他决定把我送去寄宿学校。他说，是时候让我学着独自长大了，去寄宿学校对我有好处，能让我成为一个真正的男子汉。这是个坏消息，而且是个最让人难过的坏消息。我向妈妈求助，求她不要让爷爷送走我。但妈妈只是泪流满面，哭着离开了那个房间。

第三章

在寄宿学校的那几年，尤其是刚去的那一年，我是多么想念我的妈妈啊。我喜欢妈妈给我写的信。我把所有的信都收在我的点心盒里，放在学校的宿舍。那幅画我也收在里面。有时候，我一坐就是几个小时，坐在那里读妈妈的信，欣赏我的画。我逃跑过两次，但每次都会被抓回来，关进学校的监狱里。

校长莫蒂默先生对我的行为感到非常愤怒。他越愤怒，他的那对浓浓的眉毛就上下扭动得越厉害，我就越忍不住想要笑出声来。在爷爷之后，他是吓不到我的。"小子，你要是想跑我就让你跑个够。"他怒吼道，"作为惩罚，当所有人午餐后休息时，你去越野跑。接下来的两个月，不管什么天气，每天都要跑。看你能有多喜欢跑！"

结果，我真的喜欢上了越野跑。我喜欢跑步，喜欢独自一人，喜欢风和雨，喜欢泥坑，喜欢河边的鸟儿，喜欢白鹭、翠鸟和鸬鹚。确切地说，我变

得非常擅长越野跑。不久后，我就被选中，代表学校参加越野跑比赛。我一次又一次赢得比赛和奖牌。似乎每个人都很喜欢胜利和奖牌，莫蒂默先生最喜欢。现在，他会在公开赞赏和感谢我的时候，朝我扭动眉毛。

卡特先生是我在这个学校唯一喜欢和尊敬的老师。有一天，在上他的美术课时，我发现我会

画画、会上色，而且我喜欢画画。从此以后，我画了
很多很多船，当然还有灯塔。我发现，我在模仿本杰
明的画。我从来没有把那幅画放在面前照着画过。
它一直安全地藏在我的点心盒里。我也不需要照着它
画，因为那幅画就在我心里，每一朵海浪，每一只
乘风飞翔的海鸥和鲣鸟，每一笔我都记在心里。

卡特先生常常告诉我，虽然他非常喜欢我画的船和灯塔，但我应该试着拓宽视野，画画水果和花朵，画画鸟儿和蜜蜂，画画风景和人像。我试过，但我还是最喜欢画船和灯塔。

也是在这段时期，我第一次读了《鲁滨孙漂流记》，一遍又一遍地读。从此，我爱上独自沉醉在书中的感觉。我读的绝大部分书都是关于岛屿、灯塔和船的，例如《金银岛》《珊瑚岛》和《白鲸》。图书馆成了我最喜欢的地方，可以让我逃离这个吵闹喧哗的世界。我看起来有点孤僻，但并不是我想这样，只是自然而然就这样了。书成了我的朋友。为了读完一本书，我会读到深夜，有时候甚至会在毯子里用手电筒照着读。这是违反校规的，我常常被抓个现行。

这让莫蒂默先生的眉毛又扭动了起来，我又被罚越野跑。但这对我来说挺好的。生活正在变得越来越好。

不久，最让我开心的消息来了，妈妈写信告诉我：她下定决心要离开了，因为她受够了野山坡上的那个冰冷的石头房子，受够了住在那里。她想念我，想住得离我近一点。她要搬到我的学校附近来住，陪我度过最后两年的学校时光。她还找到了一份工作——来我的学校当法语老师。我高兴极了。

所以，在接下来的一个学期和后来的两年学校时光中，我都和妈妈住在附近村庄的一间小屋里。我又有了一个像样的家。周末，我会和妈妈一起散长长的步，聊本杰明和他的画。

现在，每当我赢得比赛时，妈妈总是在那里看着我。她总是大声地喊，生怕别人听不到。"太棒了，艾伦！加油！祝贺你！"每个人都喜欢她的法国腔，我也喜欢。

第四章

假期来了又去，我的学生年代就这样幸福地结束了。

在最后一个学期的一天，当我在图书馆找书时，碰巧在桌子上发现了一本老杂志。图书馆的桌上常常会有一些老杂志，大部分都是《伦敦新闻画报》。我喜欢看里面的照片，那些记录着过去的岁月的照片。

　　这本《伦敦新闻画报》是1926年的。我也不知道自己为什么会打开它。我一打开，本杰明平静而不苟言笑的脸就出现在了杂志上，直直地看着我。一开始，我以为是自己的幻觉，但不是，因为本杰明的身后还有他的灯塔。而这张照片旁边还有一张照片，是失事的"鹈鹕号"。

　　文章大标题是《灯塔守护者英雄拒绝领奖》。文章记录了由众多"鹈鹕号"幸存者讲述的整个奇迹救援故事的始末。据这篇文章所说，由于当时天气太恶劣，记者的船无法靠近海雀岛，当记者问到本杰明为什么拒绝接受见义勇为奖章时，本杰明只是站在码头上向记者喊道：

The Wreck of The Pelican

Lighthouse Keeper

HERO

Ref

Benjamin Postlethwaite, aged 53, the lighthouse keeper of Puffin Island, has refused to accept a medal for saving the ... of thirty men, ... and children.

"我没什么好说的。我当时之所以这么做，是因为当时需要这么做。那么多生命需要救援。一切都结束了。人生不是为了奖章，人也不能总活在过去的荣誉中。奖章他们留着吧。现在你可以走了，别来找我了。我还要继续守护我的灯塔。"说完，他就转身离开了。

文中还有一张他正沿着灯塔石阶往上走的照片，照片上的画面就像我记忆中十二年前的那天，他将他的画送给我之后，走上石阶的样子。

就是杂志里这张他走上石阶的照片，让我萌生了一个想法。当天，我写了一封信给本杰明，问他是否同意哪天我去看他，然后我便将信寄去了海雀岛灯塔。

在信封上写好地址后，我还照着他送我的画，画了一幅小画在地址旁边。希望他看到这个信封的时候，能够想起我是谁。

但我一直没有收到回信。妈妈也写了信，她确定地址是对的。康沃尔郡，锡利群岛，海雀岛，灯塔。我们没有收到任何回音。妈妈说，本杰明可能已经离开了海雀岛，不再当灯塔守护者了，或者，他去世了，也有可能，他只是想一个人，不想被人打扰。

但我一直在想他，我必须弄清楚他到底怎么了。我下定了决心，等我从学校毕业，第一件事就是回海雀岛找他，找这个救了我们的男人，去谢谢他救了我们，也谢谢他送我的画。

　　我告诉妈妈，我即将踏上一段冒险之旅。从前，妈妈常常跟我说，终有一天，我要靠自己去探索世界，去认识自己，去发现自己想成为什么样的人。所以，听到我要出发去冒险了，她很开心。我告诉她，大概一个月左右我就会回家，但我没有说我要去哪里，以免她想跟我一起去。这是属于我一个人的冒险。

　　我带上画和行李箱，坐火车到了彭赞斯，然后转乘汽船到达锡利群岛。我去邮局询问本杰明的地址，得知他依然独自一人住在海雀岛。"别人可不会去那里。"他们告诉我说，"他一两年才来一次邮局。他总是独来独往。可惜了，那个灯塔。你知道的，老本一辈子守着那个灯塔。"

我很诧异，赶忙问到底发生了什么事。"一年前，他们把灯塔关了。你不知道吗？他们告诉他，已经不需要这个灯塔了，不是暂时不需要，是以后再也不需要了。我觉得，这事纯属省钱不要命。而且，当他们告诉你不再需要你的时候，你会很难接受的。"

我找了一个船夫带我去岛上。一路上波涛汹涌，我的胃里翻江倒海，一度特别难受。船夫一直在开玩笑："你带了不少风暴来这里呀。"但我宁愿难受着也不想搭他的话。我本想告诉他，我知道灯塔附近常有风暴，我还经历过一次，但也只有一次，幸亏有本杰明。"你没来这里看过海雀吧？"他继续说道，"估计也没有，因为这里没有海雀。海雀岛已经一百多年都没有海雀了，只有老本一个

人住在海雀岛上，但他不会欢迎你的，更不会和你
说什么话。他可是个脾气暴躁的老头子。"

　　我心不在焉地听着船夫的闲聊，决定不让我
的不适成为他的新话题，并试图将注意力集中在海
面的景色上。我看到鲣鸟和海燕俯冲而下，潜入海
里，一只海豹正躺在一块黑色的岩石上——也许就
是十二年前我和妈妈还有其他同伴站的那块岩石。
我们就站在那块岩石上，看到本杰明划着他的小船
来救我们。

高耸的灯塔逐渐映入眼帘，越来越近，越来越高。我感觉不那么难受了。我们马上就要到了。我感觉好多了。

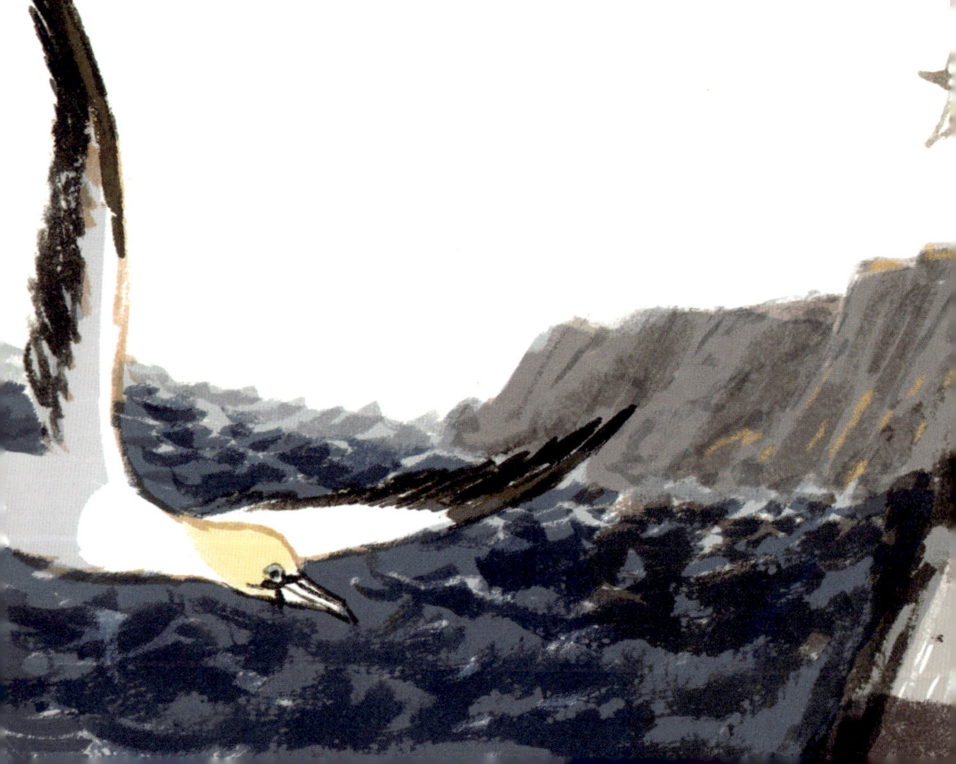

第五章

    我站在码头上看着船夫将船向前开进海浪里，离开了，想了一会儿我该怎么回去。我之前竟然没有考虑过这个问题。我沿着码头上的石阶走上灯塔，一直走到门口，然后深吸一口气，敲响了门。

　　门几乎是立刻打开了。是他，本杰明，他变老了，衣服也更破旧了，但是一头凌乱的头发一如既往。"我看见你来了，"他说，"你就是那个男孩，对吧？'鹈鹕号'上的那个男孩。我一直在等你。"随后，他转身领我上楼。"你上来吧，随手把身后的门关一下。外面一直在不停地刮风。"

　　他让我坐在炉火旁，给我倒了一杯甜茶，就像十二年前一样。"怪了，你居然今天来，而且你是今天的第二个来访者。几乎很少有人访问我这里，但我就喜欢这样。"我没怎么听他说话，因为我被墙上的画吸引了。整面墙都挂满了画，零星的、大大小小的画作散落在房间里的每个角落，跟我记忆中一模一样。"你还收着我的画吗？"

　　我点点头，一时间说不出话来。我打开行李箱，拿出了那幅画给他看。他笑了。"这幅画还不错。我有时候能画几幅不错的。你看到你自己了吗？"

　　他指着火炉上方的墙。我之前并没有发现，直到我看到墙上贴的一张剪自报纸的照片。

"你就在人群中间，看到了吗？他们都在，那天我从'鹈鹕号'上救下的每个人都在。那个是你，是不是？你长高了不少。有人给我送来了这张报纸，我就把这张照片剪下来了，这样我就能记住了，不会在某天晚上突然忘记。你想看看我的另一个来访者吗？今天清早，它自己飞进来的。我想它是迷路了。它很冷，还伤了腿。"

他望向火炉旁的一个硬纸箱。我原以为他是要找一些树枝，但我错了。这个老男人弯下腰，把手伸进去，抱出了一只海雀。以前，我只在书里的照片上看过海雀。它比我想象中颜色更加鲜亮，更小，而且在它的大嘴的衬托下，它的脑袋显得很小。它没有挣扎，看起来呆呆的，在打量整个房间。

　　"它是唯一的一只小海雀，"本杰明说，"它肯定是撞到灯塔顶部灯房的玻璃上了。遗憾的是，那个房间现在只剩一个玻璃窗，已经没有灯光可以警告它走开了。它没看到玻璃，结果撞伤了腿，这个可怜的小鸟。你看着吧，我要把它养好。它那条

腿需要上一个夹板，恢复还需要一点时间。我们可以划船出去给它找点鱼吃。它喜欢玉筋鱼。所有的海雀都喜欢玉筋鱼。它们就吃这个，你知道吧？我们要把这只海雀养得再次强壮起来。我们有一条腿要治，一条生命要救。所以，你来得正是时候。捕鱼时，你可以给我搭把手，你愿意吗？"

我怎么也说不出"不"，我也不想说"不"，所以我留下来了。那晚，我睡在地板上一张老旧的弹簧床垫上，睡在火炉前，四周都是本杰明的画，身旁还有一只海雀，关在我帮着做的鸟笼里。我找到了自己。在那里，我靠粥和鱼充饥度日。粥是鱼味儿，鱼是粥味儿。但是，经过一天出海捕鱼，回来吃什么都是开心的。找玉筋鱼非常不容易，但是我知道，我们的小海雀要想活下去，就必须吃东西。

我们俩都很喜欢它，喜欢围着它坐，喂它，咕咕叫地逗它恢复活力。

不管外面的暴风雨来得多么猛烈，不管灯塔摇晃得多么厉害，那只小鸟成了我们坚定不移的世界中心。只要看到它，我们就会笑。对我们来说，最大的问题是怎么让它再飞起来。随着时间一天天过去，海雀的腿好了，也越来越有力气了，可以开始一瘸一瘸地走路了，但它还可以走得更好。很快，我们看到它已经展翅欲飞。我们知道，是时候放它走了。但是，我们得先让它从鸟笼里出来，试着在这个安全的房间里展翅飞几次。

它飞了大概有一个月的时间，每一次，它都会猛烈地、快速地拍打翅膀，而当它着陆时，它总是显得很笨拙，常常跌跌撞撞好几次才能找回平衡，然后慢慢镇定下来。

　　每次在房间里试飞结束后，它都会迷惑地看着我们，仿佛在说："我已经证实了，我能飞，而且飞得比你们都好。现在，给我自由吧，让我走吧。"海雀在用它的眼睛跟我们说话，我明白。我虽然明白，但是我不想让它走。我也不想告诉它这一点，本杰明同样不想。我们尽可能地推迟这件事，因为我们害怕失去它。

　　这一天终于还是来了，它要离开了。我们最后一次喂它吃了玉筋鱼，然后一起爬上灯塔顶部的灯房，打开了窗户。本杰明把海雀从笼子里捧出来，双眼含着泪花交给了我。"我不行，"他说，"你来吧。"就这样，我双手捧着我们的海雀，伸出窗外。在那一刻，我甚至能感觉到它的心跳。最终，我还是松开了手，让它飞走了。

但是，它没有飞走。相反，它围着灯塔飞了一圈又一圈，仿佛它很不想离开，是我们要它离开似的。随后，它俯冲而下，掠过海面，掠过一个个海浪，又飞了起来。

它飞到海雀岛的另一头，又飞了回来。我想它在探索，并再次爱上了飞翔。它飞呀飞呀，飞得越来越远，最后消失在天际。

当天晚上，我静静地坐着，想着我们刚刚失去的朋友，陷入沉思。本杰明说："你看着吧，它会回来的，这不会是我们最后一次见这个伙计。到你要走的时候，我想，你也会回来的。但是，我不想你走，起码不是现在。我想给你看点东西。"他从架子上取下一个鞋盒。"看看这个。"他说。我打开鞋盒，看到满满一盒子信。我拿出一封信——是我写给他的信，信封上有我的画。原来，这满满一盒子信，都是我写给他的，还有一封是妈妈写给他的。这些信，一封都没有被打开过。他告诉了我原因。

"我不认识字，"他说，"我从来没有上过学。我知道这些都是你寄来的，因为这个信封上画了船。但是，我看不懂这些信。"

"我认识字。"我说。我不假思索地说出了这句话："我可以留下来教你，如果你愿意的话。"

第六章

事情就是这样。我陪他在灯塔里又住了两个月，教他识字。他说，他不想让我读这些信给他听，他想自己来读。过了一段时间，他真的自己读了。他当着我的面，一遍又一遍地大声朗读这些信件。后来，我们还读了很多杂志，读了《鲁滨孙漂流记》。我们还划船去圣玛丽斯岛的图书馆读书。我给他找来我喜欢的书，读给他听。他特别喜欢《金银岛》，给我读了一遍又一遍。

我们住的海雀岛与世隔绝，这一点从我们去图书馆或去购买日常必需品的时候就能看出来。一天，在圣玛丽斯岛上的小镇上，我们察觉到了战争的威胁。镇上的每个人都在谈论战争。我们没有太关注战争，回到灯塔后也没有再讨论过这件事。战争是一种太令人不安的东西，我们很幸福，不了解外面的世界，也没有参与其中。

本杰明每天晚上都画画，我也跟他一起画。我沐浴在他对我的作品的肯定之中。他从来不指导我怎么画，也不给建议，只是用简单的点头或欣赏的微笑来教我。

我们一起聊天，一起钓鱼，一起读书，一起画画。我们成了最好的朋友。但是，本杰明总会在某些日子、某些时候、某些夜里悲伤不已。而当他不笑的时候，忧郁、沉寂的氛围就会笼罩整个灯塔。

我知道，他肯定是想我们的海雀了，他肯定和我一样想念它。也有可能，他是在想他的灯塔，想已经消失且永远不会再点亮的灯塔之光，想已经不再有人需要他。只有读书，只有书里的故事，能帮他找回自己，让他开心。

然而，有一天，发生了一件奇妙而又让人始料未及的事情。我们在船上钓鱼的时候，看到一只海雀围着灯塔盘旋。那只海雀先是围着灯塔一圈一圈地飞，然后朝我们飞了过来。"是它！"本杰明说。他深信不疑。"就是它，"他说，"不会再有别的海雀这么像它，一定是我们的那只海雀。"

那只海雀在码头上等我们。它在码头上来回走动，一瘸一拐的。没错，它就是我们的海雀。

　　"我跟你说过，它会回来的。"本杰明说，"我们是朋友，永生难忘的好朋友。"在此后的日子里，本杰明的微笑多了很多。

自那以后，我们的海雀时不时就会回来，每次都会让本杰明激动不已。现在，很多时候，我们的海雀都不是独自一人回来。

　　它会带一两个同伴一起回来。有一次，我数了数，竟然有十只海雀围着灯塔飞，然后它们一起飞到了海雀岛的另一头，在那里落脚了，好像那里是它们的家一样。我从来没见过本杰明这么开心。我也特别开心，我永远都忘不了那一刻那样纯粹的快乐。

　　我知道妈妈此刻一定在担心我，不知道我在哪里，为什么要离开这么久，所以我给她写了一封信，还寄了一幅我的画。自那以后，我每周都会收到妈妈催促我回家的信。我给她寄了很多画，告诉了她关于本杰明的事和我们在岛上生活的一切，告诉了她海雀的故事，告诉她我很快就会回家。但是，我不想离开。在这个高低不平的小岛上，和我的画家隐士朋友在一起，我找到了家的归属感。我从来没想过离开，但我不能告诉妈妈。

　　差不多每个月都会来一只供给船。船夫总是很健谈，太健谈了。我们远远就能看见船夫过来，这时本杰明常常选择待在灯塔里藏起来。一天早晨，我一个人待在码头，等船夫来。船夫拿着一份电报朝我挥手。

我立即打开来看，是妈妈发来的电报，她告诉我，我的征召文件已经到了，我必须得回家了。

第七章

我别无选择。我必须入伍了。当天下午，我就乘汽船离开了。我们在码头告别时，本杰明只说了句："你肯定会回来的，我会一直等着你，海雀们也会等着你。"说完，他就转身离开了，满怀悲伤，头也不回。直到我再也看不到锡利群岛，我才想起我把我的画留在了岛上。我想，如果我回不来了，至少我的画还待在属于它的地方。它属于本杰明，属于海雀岛的灯塔。

　　我只在入伍前见了妈妈一次。她常常以泪洗面，因为她心爱的法国被入侵了。德国人入侵了巴黎，在街道上行军，她为此寝食难安。我很快穿上了制服，加入了海军，因为我爱大海，也因为我宁可淹死，也不想被炸得粉碎。

　　我不喜欢战争，但我喜欢当一名海军。我的同船战友都很好，绝大部分都很好，我交了很多好朋友。但是，大概一年后，我所在的船，"HMS复仇者号"航空母舰，在离开北非海岸线后，遭到了鱼雷的袭击。我们死了六百人，其中包括我最好的朋友——约翰。我是仅存的三十五名幸存者之一。但这次把我从大海里救起来的，不是灯塔守护者，而是一艘德国船上的德国海军。

我在波兰的战俘集中营度过了战争时期。我讨厌被关起来，并试图逃跑，就像从前在学校逃跑一样。我跑得很快，但可惜还是不够快。

几天后我就被抓了，惩罚是关禁闭一个月。我还在想，要是罚我越野跑就好了。但是，关禁闭也给了我时间去思考和打算：如果战争结束，离开战俘集中营，我要做什么。

过了很久很久，战争才结束。在铁丝网里的每一天，都度日如年。

最后，每个人都说我们胜利了。但我认为，战争中永远没有胜利者。

第八章

当我回到家时，世界已经变了。我没有告诉妈妈我会回来。当我回到村里，敲响她的小屋时，应门的是别人。那人告诉我，我妈妈前阵子搬出去了，说她现在住在这条路另一头的学校里。我心中一片茫然。

我在菜园里找到了她。她正在摘豆子。她见到我非常高兴，但是她看起来有点不自在，不敢抬头，一直看着我的肩膀。"我不想在信里告诉你这件事，"她开始说道，"我想和你当面说。艾伦，我再婚了。我和你的美术老师结婚了，你一定还记得他，对，就是卡特先生，或者你可以叫他哈里。他是个好男人。当你还是个小男孩的时候，他就很为你感到骄傲。他也很喜欢你的画。我希望你不要介意，亲爱的。"

几分钟后，我在菜园里见到了卡特先生。这是一次奇怪的见面。他不知道说什么，我也不知道说什么。

他让我感觉自己又变回十岁的小男孩，但这不是他的错。那天晚上，我告诉他们，我要回海雀岛，我想住在那里，做一名艺术家。这让卡特先生很高兴——我还是没法将他看作哈里。

"或许，我会成为一名作家，"我说，"哪天你们一定要来看我。"他们对我都很好，一直对我嘘寒问暖，虽然卡特先生更多时候在问我我们的船是如何沉没的，战俘集中营的生活条件如何。我不想聊这些。我只是看着他们俩，为妈妈感到高兴。他们俩在一起，看起来很登对，也很幸福。这是属于她的冒险，我无须参与。那天晚上，我越来越觉得自己就像鸠占鹊巢的布谷鸟，是破坏他们幸福的第三者。所以，第二天一大早，我就飞走了。

我坐上了去彭赞斯的火车，然后转乘汽船去往锡利群岛，傍晚就到了海雀岛。那是一段极其美好的旅程，四周是平静蔚蓝的大海，鲣鸟潜水，海豚跳跃，仿佛我正在驶往一片和平之地。我暗自承诺：我再也不会离开这里了。这些岛屿就是我的家。

这次载我去海雀岛的船夫仿佛已经不是当初那个船夫了，我甚至没有认出他来。"你以前来过这里，是不是？你知道海雀守护者吗？"

"海雀守护者？"我问道。

"老本，已经没人叫他本杰明·波斯尔思韦特了，他现在是海雀守护者。你到了一看就明白了。"

第九章

他说得对。海雀岛附近的海面上星星点点，都是海雀。我一走近，便看到了成百上千只海雀，有的在海雀岛的尽头，有的在海岬的悬崖上，飞来，飞去，而大多数海雀都只是站在那里望着大海。

我就要到家了，海鸥、三趾鸥围绕在我身边，叫喊着欢迎我。燕鸥和鲣鸟依然在

潜水，浪花依然在翻滚，身边的一切都如此平静，
上帝恩赐般的平静。

    我在码头见到了本杰明·波斯尔思韦特。"我
一直在等你。"他说。在我的臂膀搀扶下，我们一
起走上了海岬。我们站在那里，海雀围绕在我们
周围。"我们救的第一只海雀，你还记得它吗，艾
伦？它总是带朋友回来，然后它们就定居在这个岛
上了，还找到了它们的老洞穴。然后，它的朋友又
带朋友过来……它还在我们身边。有时候，我看见

它在那边一瘸一拐地走。它认识我，我也认识它。你看着吧，它还认识你。就在这个地方看，你愿意吗？现在，它终于又是海雀岛了。"

他转向我，把手放在我肩上，说："你会留下来吗？还是会离开？"

"留下。"我回答道。

第十章

我留下来了。我和本杰明，还有那只认识我的海雀，以及所有的海雀，一起住在岛上。几年后，我把我的妻子克莱尔也带来了，跟我一起住在这里，住在岛上的灯塔里。本杰明已经不再是灯塔守护者，而成了海雀守护者。我的两个孩子，米莉和约翰，也在这里长大。为了离我们近一点，妈妈和卡特先生退休后，住到了圣玛丽斯岛的小镇上。这对我来说非常重要。

这些天，岛上的游客越来越多。但是，他们不会靠近海雀居住的海岬，我们也不会。我们让海雀自由自在地待在那里，并称之为"海雀守护者法则"。

游客们有时会买我的画和由我创作、克莱尔画插画的书。克莱尔种了一些蔬菜，她种出了全世界最好的土豆，她还养了一些蜜蜂，这些蜜蜂酿出了全世界最好的石楠花蜜。我常常给孩子们讲我写的故事。在所有的故事中，他们最喜欢的是《灯塔守护者》，也就是此刻你刚读完的这个故事。

现在，我画海雀比画船多。本杰明常常说，我是一个出色的艺术家。他是如此善良，其实，本杰明才是真正的艺术家。在世界各地的画廊里，你都可以找到他的画作。

没有人可以像他这样画画。他死后才名声大噪。但是，就像他说的，他从来都不在乎那些奖杯和别人的喜欢。他不喜欢那样。他常说，他活着就是为了他的海雀和他的灯塔、他的作品和他的家人。我们就是他的家人，过去是，现在是，永远都是。

后记

　　谨以该故事献给艾伦·威廉姆斯·莱恩，1935年企鹅图书的创立者。他是真正的海雀人、鹈鹕人，当然也是企鹅人。他建立了一座如此高的灯塔，在多年以后的现在，他的灯塔之光依然闪耀，他的海雀仍在翱翔。

迈克尔·莫波格和克莱尔·莫波格

2019年8月11日

迈克尔·莫波格

迈克尔·莫波格是英国最受欢迎的故事创作者之一。他已经写了超过150本书，深受世界各地的读者喜爱。他最著名的作品《战马》，被史蒂文·斯皮尔伯格改编成了电影，被国家大剧院改编成广受赞誉的舞台剧。

迈克尔和妻子克莱尔一起创办了"城市儿童农场"。他们想让城市里的孩子们有机会在真正的农场生活或工作一周，然后带着一生难忘的乡村回忆回家。这一慈善机构经营着三个农场，在过去的45年里，接待了约10万名儿童。

2003年，迈克尔成为第三位"桂冠童书作家"，这个奖项是他和诗人特德·休斯一起设立的。2017年，他因对文学和慈善事业的贡献而被封为爵士。

本吉·戴维斯

　　当本吉还是一个小孩子的时候，就非常喜欢读故事和画画。现在，他已经长大了，开始为孩子们写书、画插图。

　　除了给儿童文学作品画插画外，他还创作了几十本深受读者喜爱的畅销图画书，比如《暴风鲸》《爷爷的天堂岛》《小蝌蚪塔德》，其中很多作品被学校用作提高学生视觉读写能力的课程素材。

　　他的作品获得了无数奖项，被翻译成40多种语言在世界各地出版。

海雀图书

启迪梦想八十载

1940年以来，数以百万计的孩子从小梦想着雪人的出现、巧克力河和餐桌下借东西的小人。以下是海雀图书自己的故事……

最早的海雀图书不是故事书，而是纪实类图书。艾伦·威廉姆斯·莱恩，企鹅图书的创始人，为了在第二次世界大战中被疏散到农村的孩子们，于1940年出版了海雀图书最早的四本书，分别是詹姆斯·霍兰的《陆上战争》和《海上战争》，詹姆斯·加德纳的《空中战争》和《农场上》。同年，海雀图书的第一位女编辑，埃莉诺·格雷厄姆，在空袭期间，开始讨论和启动海雀平装故事书系列。1941年，第一批虚构类儿童图书出版了，其中就有芭芭拉·尤芬·托德的《华泽尔·古米治》。

到了60年代，海雀图书成立了海雀图书俱乐部。在最鼎盛时期，俱乐部会员一度超过20万人。这些海雀人甚至集资买下了约克郡海岸线的一块地作为海雀保护区。

许多海雀故事已经超越了书本，被改编成了电影、戏剧，甚至电脑游戏。海雀图书甚至被带到了外太空，当宇航员蒂姆·皮克在国际空间站给全世界读了米歇尔·罗宾逊著、尼克·伊斯特绘的《晚安，宇航员》时，全世界都认识了这只小鸟。

海雀图书的故事是一百万个梦想的总和。其中，有的是大梦想，有的是小梦想，有的非常狂热，有的充满爱、希望和友善。这些梦想是我们每一个人的梦想，也是我们每一个人的故事，而你只需要决定你的下一个梦想是什么……